心がほっとする

日本の名詩一〇〇

彩図社文芸部　編纂

序

本書はタイトルに銘打った通り、読んで心がほっとする詩を収録したアンソロジーです。近代詩人、現代詩人の中から25人、計１００篇の詩を選びました。

収録した詩は、それを書いた詩人の生き方同様、形態もテーマも様々でどれ一つとして同じものはありません。

うつろいゆく季節の美しさを描いた詩、あどけない子供に向けられた詩、恋しい人を思う詩、働くことをうたった詩……どれをとっても味わい深く、生き生きとした躍動感とともに詩人たちの生を最もリアルな形で感じさせるのではないでしょうか。

日本の詩形態は、長い年月を経て、ゆっくりと変化してきました。

古くは漢詩、和歌に代表される定型詩が主流でしたが、明治時代を経て、口語自由詩を主体とした新体詩が誕生します。

こうして定型詩のように韻律など一定のルールを必要としない詩形態が中心となることで、それまでとは全く異なる新しい感性に溢れた詩が、次々と生まれるきっかけとなりました。

テーマも書き方も境遇も全く違う詩人たちの残した、バラエティ豊かな「心がほっとする」時間を読者の皆様に味わっていただけたなら、編集部としてこれ以上に幸せなことはありません。

目次

序

山之口貘

小熊秀雄

心がほっとする
日本の名詩一〇〇

金子みすゞ

私と小鳥と鈴と

私が両手をひろげても、
お空はちっとも飛べないが、
飛べる小鳥は私のように、
地面《ぢべた》を速《はや》くは走れない。

私がからだをゆすっても、
きれいな音は出ないけど、
あの鳴る鈴は私のように

かねこ・みすず（一九〇三―一九三〇）山口県生まれ。早くから詩の才能を開花させ、西條八十から「若き童謡詩人の中の巨星」と賞賛されるも、自ら死を選び二十六歳でこの世を去る。没後しばらく作品が散逸していたが、一九八〇年代に入り全集が出版され、再び注目を集めた。代表作に「私と小鳥と鈴と」「大漁」など。

たくさんな唄は知らないよ。
鈴と、小鳥と、それから私、
みんなちがって、みんないい。

土

こッつん　こッつん
打《ぶ》たれる土は
よい畠《はたけ》になって
よい麦生むよ。

朝から晩まで
踏《ふ》まれる土は
よい路《みち》になって
車を通すよ。

打たれぬ土は
踏まれぬ土は
要《い》らない土か。

いえいえそれは
名のない草の
お宿をするよ。

もくせい

もくせいのにおいが
庭いっぱい。

表の風が、
御門《ごもん》のとこで、
はいろか、やめよか、
相談してた。

蜂と神さま

蜂はお花のなかに、
お花はお庭のなかに、
お庭は土塀《どべい》のなかに、
土塀は町のなかに、
町は日本のなかに、
日本は世界のなかに、
世界は神さまのなかに。

そうして、そうして、神さまは、
小ちゃな蜂のなかに。

こころ

お母さまは
大人で大きいけれど。
お母さまの
おこころはちいさい。

だって、お母さまはいいました、
ちいさい私でいっぱいだって。

私は子供で
ちいさいけれど、
ちいさい私の
こころは大きい。

だって、大きいお母さまで、

まだいっぱいにならないで、
いろんな事をおもうから。

明日

街《まち》で逢《あ》った
母さんと子供
ちらと聞いたは
「明日《あした》」

街の果《は》ては
夕焼小焼、
春の近さも
知れる日。

なぜか私も
うれしくなって
思って来たは
「明日」

草原

露の草原
はだしでゆけば、
足があおあお染まるよな。
草のにおいもうつるよな。

草になるまで
あるいてゆけば、
私のおかおはうつくしい、
お花になって、咲くだろう。

星のかず

十《とお》しきゃない
指で、
お星の
かずを、
かずえて
いるよ。
きのうも
きょうも。

十しきゃない
指で、
お星の
かずを、
かずえて
ゆこう。

いついつ
までも。

山村暮鳥

万物節

雨あがり
しっとりしめり
むくむくと肥え太り
もりあがり
百姓の手からこぼれる種子《たね》をまつ大地
十分によく寝てめざめたような大地
からりと晴れた蒼空《あおぞら》
雲雀《ひばり》でも啼《な》きそうな日だ

やまむら・ぼちょう（一八八四―一九二四）群馬県生まれ。十八歳でクリスチャンの洗礼を受ける。聖三一神学校を卒業後、秋田聖救主教会に伝道師として着任。一九一三年に詩集「三人の処女」を刊行、翌年には室生犀星、萩原朔太郎と人魚詩社を設立した。詩集「風は草木にささやいた」「雲」、童話集「ちるちる・みちる」など。

いい季節になった
穀倉《こくそう》のすみっこでは
穀物のふくろの種子もさえずるだろう
とびだせ
とびだせ
虫けらも人間も
みんな此の光の中へ！
みんな太陽の下にあつまれ

春の河

たっぷりと
春の河は
ながれているのか
いないのか
ういている
藁《わら》くずのうごくので
それとしられる

おなじく

春の、田舎の
大きな河をみるよろこび
そのよろこびを
ゆったりと雲のように
ほがらかに

飽かずながして
それをまたよろこんでみている

　おなじく

たっぷりと
春は
小さな川々まで
あふれている
あふれている

こども

山には躑躅《つつじ》が
さいているから
おっこちるなら
そこだろうと
子どもがいってる
かみなり
かみなり
躑躅がいいじゃないか

おなじく

千草《ちぐさ》の嘘つきさん
とうちゃんの
おくちから
蝶々が

飛んでった、なんて
　おなじく

こどもが
なき、なき
かえってきたよ
どうしたのかときいたら
風めに
ころばされたんだって
おう、よしよし
こんどとうちゃんがとっつかまえて
ひどい目にあわせてやるから

雲

丘の上で
としよりと
こどもと
うっとりと雲を
ながめている

おなじく

おうい雲よ
ゆうゆうと
馬鹿にのんきそうじゃないか
どこまでゆくんだ
ずっと盤城平《いわきたいら》の方までゆくんか

わたしはたねをにぎっていた

わたしはたねをにぎっていた
なんのたねだかしらない
いつからにぎっているのか
それもしらない
とにかくどこにかまこうと
そしてあおぞらをながめていた
あおぞらをながめているまに
たねはちいさなめをだした

宮沢賢治

みやざわ・けんじ（一八九六―一九三三）岩手県生まれ。花巻農学校で教師を務める傍ら、創作活動を行う。法華経に傾倒、農民生活の向上に尽くした人生は、作品にも独特の世界観を伴って表れている。主な作品に詩集「春と修羅」、童話「注文の多い料理店」「銀河鉄道の夜」「風の又三郎」など。多くは没後に発表された。

一〇〇四　〔今日は一日あかるくにぎやかな雪降りです〕

一九二七、三、四、

今日は一日あかるくにぎやかな雪降りです
ひるすぎてから
わたくしのうちのまわりを
巨《おお》きな重いあしおとが
幾度ともなく行きすぎました
わたくしはそのたびごとに
もう一年も返事を書かないあなたがたずねて来たのだと

じぶんでじぶんに教えたのです
そしてまったく
それはあなたの　またわれわれの足音でした
なぜならそれは
いっぱい積んだ梢の雪が
地面の雪に落ちるのでしたから

　雪ふれば昨日のひるのわるひのき
　菩薩すがたにすくと立つかな

一〇四三　市場帰り

雪と牛酪《バター》を
かついで来るのは詮之助
　やあお早う
あたまひかって過ぎるのは
枝を杖つく村老ヤコブ
　お天気ですな　まっ青ですな
並木の影を
犬が黄いろに走って行く
　お早うよ
朝日のなかから
かばんをさげたこどもらが
みんな叫んで飛び出してくる

一九二七、四、二一、

一〇六六　〔今日こそわたくしは〕

一九二七、五、一二、

今日こそわたくしは
どんなにしてあの光る青い虻《あぶ》どもが
風のなかから迷って来て
縄やガラスのしきりのなかで
留守中飛んだりはねたりするか
すっかり見届けたつもりである

林と思想

そら　ね　ごらん
むこうに霧にぬれている
蕈《きのこ》のかたちのちいさな林があるだろう
あすこのとこへ
わたしのかんがえが
ずいぶんはやく流れて行って
みんな
溶け込んでいるのだよ
　ここいらはふきの花でいっぱいだ

（一九二二、六、四）

室生犀星

昨日いらっしって下さい

きのう　いらっしってください。
きのうの今ごろいらっしってください。
そして昨日の顔にお逢ひください、
わたくしは何時も昨日の中にいますから。
きのうのいまごろなら、
あなたは何でもお出来になった筈《はず》です。
けれども行停《いきどま》りになったきょうも
あすもあさっても

むろお・さいせい（一八八九―一九六二）石川県生まれ。高等小学校中退後、裁判所で給仕として働く傍ら俳句や詩を作り始める。一九一六年、萩原朔太郎と「感情」を創刊。一九一八年、詩集「愛の詩集」「抒情小曲集」を刊行、以降は創作の場を小説に移した。小説に「幼年時代」「性に眼覚める頃」「杏っ子」など。

あなたにはもう何も用意してはございません。
どうぞ　きのうに逆戻りしてください。
きのういらっしってください。
昨日へのみちはご存じの筈《はず》です、
昨日の中でどうどう廻りなさいませ。
その突き当たりに立っていらっしゃい。
突き当たりが開くまで立っていてください。
威張れるものなら威張って立ってください。

夜までは

男というものは
みなさん　ぶらんこ・ぶらんこお下げになり、
知らん顔して歩いていらっしゃる。
えらいひとも、
えらくないひとも、
やはりお下げになっていらっしゃる。
恥ずかしくも何ともないらしい、
お天気は好いしあたたかい日に、
ぶらんこさんは包まれて、
包まれたうえにまた丁寧に包まれて、
平気で何食わぬ顔で歩いていらっしゃる。
お尋ねしますがあなた様は今日は
何処《どこ》で誰方にお逢いになりました。
街にはるかぜ　ぶらんこさんは
上機嫌でうたっていらっしゃる。

象とパラソル

象の耳はよたりよたりと、
消炭色《けしずみいろ》で、日があたり。
きみはその前で写真を撮った。
パラソルを手に携《も》ち、顔をかしげ、
にっと嫣笑《わら》って　気取って、
きみは象を背景にして撮影した。

きみは象が巨《おお》きいと言って驚いた。
きみのはだかほど大きいものがないのに。
絵本、ボロの古洋服、
古新聞の活字の間を、
象はのそりのそりと歩いていた。
生きている証拠には　見なさい、
うまのくそのようなくそが一盛りあった。
象はくそは踏まずに避けて歩いていた。

うまいもんだ。
きみはまた象の前で写真を撮った。

水鮎《あゆ》のうた

深山《みやま》の雪がとけ
山吹がほろほろちり出すと、
小さな鮎の子が
川をのぼる、
鮎の子は水とおなじ色だ、
だから水鮎という。
鮎の子はひとりでのぼらない、
みんな列をつくり
あたまをそろえ
尾とひれを水にはさみ
そして扇《おうぎ》のように列をひろげる、
春のうららかな水の中。
水の中はにぎやかな春です。

中原中也

一つのメルヘン

秋の夜は、はるかの彼方《かなた》に、
小石ばかりの、河原があつて、
それに陽は、さらさらと
さらさらと射してゐるのでありました。

陽といつても、まるで硅石《けいせき》か何かのやうで、
非常な個体の粉末のやうで、
さればこそ、さらさらと

なかはら・ちゅうや（一九〇七―一九三七）山口県生まれ。十五歳で友人と歌集を発表する。「ダダイスト新吉の詩」を読みダダイズムに傾倒、また、ランボーやヴェルレーヌなどフランスの詩にも親しむ。一九三四年に処女詩集「山羊の歌」を刊行するも、一九三七年に三十歳の若さで死去。翌年、詩集「在りし日の歌」が刊行された。

かすかな音をたててもゐるのでした。

さて小石の上に、今しも一つの蝶がとまり、
淡い、それでゐてくつきりとした
影を落としてゐるのでした。

やがてその蝶がみえなくなると、いつのまにか、
今迄流れてもゐなかつた川床に、水は
さらさらと、さらさらと流れてゐるのでありました……

宿酔

朝、鈍い日が照つてて
　風がある。
千の天使が
　バスケットボールする。

私は目をつむる、
　かなしい酔ひだ。
もう不用になつたストーヴが
　白つぽく銹《さ》びてゐる。

朝、鈍い日が照つてて
　風がある。
千の天使が
　バスケットボールする。

春と赤ン坊

菜の花畑で眠つてゐるのは……
菜の花畑で吹かれてゐるのは……
赤ン坊ではないでせうか?

いいえ、空で鳴るのは、電線です電線です
ひねもす、空で鳴るのは、あれは電線です
菜の花畑に眠つてゐるのは、赤ン坊ですけど

走つてゆくのは、自転車々々々
向ふの道を、走つてゆくのは
薄桃色の、風を切つて……

薄桃色の、風を切つて……
走つてゆくのは菜の花畑や空の白雲《しろくも》
――赤ン坊を畑に置いて

湖上

ポッカリ月が出ましたら、
舟を浮べて出掛けませう。
波はヒタヒタ打つでせう、
風も少しはあるでせう。

沖に出たらば暗いでせう、
櫂《かい》から滴垂《したゝ》る水の音は
昵懇《ちか》しいものに聞こえませう、
――あなたの言葉の杜切《とぎ》れ間を。

月は聴き耳立てるでせう、
すこしは降りても来るでせう、
われら接唇《くちづけ》する時に
月は頭上にあるでせう。

あなたはなほも、語るでせう、
よしないことや拗言《すねごと》や、
洩らさず私は聴くでせう、
――けれど漕ぐ手はやめないで。

ポッカリ月が出ましたら、
舟を浮べて出掛けませう、
波はヒタヒタ打つでせう、
風も少しはあるでせう。

草野心平

くさの・しんぺい（一九〇三―一九八八）福島県生まれ。中国の嶺南大学留学。在学中に詩誌「銅鑼」を創刊する。一九二八年、詩集「第百階級」を刊行。行末ごとに句点を打つ、独特の擬声語を用いるなど、唯一無二の作風を展開した。宮沢賢治や八木重吉を世に紹介した人物としても知られる。他に詩集「蛙」「富士山」など。

作品第肆《し》

川面《づら》に春の光はまぶしく溢れ。そよ風が吹けば光たちの鬼ごつこ葦《あし》の葉のささやき。行行子《よしきり》は鳴く。行行子《よしきり》の舌にも春のひかり。

土堤の上のうまごやしの原に。
自分の顔は両掌《りようて》のなかに。
ふりそそぐ春の光に却《かえ》つて物憂く。
眺めてゐた。

少女たちはうまごやしの花を摘んでは巧みな手さばきで花環《はなわ》をつくる。それをなわにして縄跳びをする。花環《はなわ》が圓《えん》を描くとそのなかに富士がはひる。その度に富士は近づき。とほくに坐る。

耳には行行子《よしきり》。
頬にはひかり。

雪の朝

まぶしい雪のはねつかへし。
青い。
キララ子たちははしやいで。
跳びあがつたりもぐつたりしての鬼ごつこだ。

ああ。
まぶしい光りのはねつかへし。
自分の額にもキララ子は映り。
うれしい。

空はグーンとまへに乗りだし。
天の天まで見え透くやうだ。

斑雪《はだれ》

屋根の斑雪《はだれ》がドサッと墜ちると。
光りは声をあげて走り寄つた。

そのとき自分は歩いてゐた。
上高田のとある小路を。
天の。
見えない指が青く震へて。
屋根の斑雪《はだれ》にツンと触れると。
螺旋《らせん》になつて天のまんなかに駆けあがつた。

崩れた雪にあつまつて。
跳ねたりもぐつたり離れたり。
光りはなにかペチヤクチヤしやべつてゐた。
光りに溶けて天にもどるまへのひとときを。

雪はまぶしく光つてゐた。

ホルスタイン

ホルスタイン。
豪族ホルスタインのおでましだ。
牛舎から出た六頭の白黒まだらの豪族たちは。
一人の人間を従えて。
朝の散歩におでましだ。
虹色に光る根雪をふんで。
鼻にはちつちやなツララをぶらさげ。
ツララも光り。
ずつしずつしの。ゆつくりゆつくりの。
朝の散歩だ。
オランダのフリースランドに遡《さかのぼ》るこれら豪族たちの血が。
ニツポンにも純粋に流れ育つて。
そうして堂堂の朝の散歩だ。
唐松の並木からとびたつた二羽の小鳥は。
向うの森に沈み。

豪族たちのまつ毛は。
金の生ぶ毛。
その奥のツルツルの瞳に。
まぶしい雪のまだらが映る。

青い水たんぼ

たんぼがだんだん青くなつて
青く青くなつて

うや　うや　うや

ちつちやい蛙たちが
うやうやむらがつてきて

ぐりり　りやを
ぐりり　りやを

月の色はくもつてきて
たんぼはますます水びたしになつて
白い腹　青い背中　おんぶ　ころがり

ぐりり　りやを
ぐりり　りやを

おれも眠らう

るるり
　　りりり
るるり
　　りりり
るるり
　　りりり
るるり
るるり
　　りりり
るるり
るるり
るるり
　　りりり

田中冬二

くずの花

ぢぢいと　ばばあが
だまつて　湯にはひつてゐる
山の湯のくずの花
山の湯のくずの花

黒薙温泉

たなか・ふゆじ（一八九四―一九八〇）福島県生まれ。中学時代に文学に目覚め、卒業後は銀行で働きながら詩作に励む。一九二九年、第一詩集「青い夜道」を刊行。故郷の自然や伝統に根ざした作風で注目を浴びた。「晩春の日に」で高村光太郎賞受賞。日本現代詩人会の会長も務めた。

美しき夕暮

山は美しい夕焼

女はナプキンをたたんでゐる
椅子にかけた　その女は膝を組み重ねる
すると腿《もも》のあたりが　はつきりとして燃え上るやうだ

食卓　頑丈で磨きのよくかかつた栗の木の食卓に
白い皿　ぎんのスプーン　ナイフ　フォーク
未だあかるい厨房《ちゅうぼう》では姫鱒《ひめます》をボイルしてゐる
夕暮の空気に　女の髪の毛がシトロンのやうに匂ひ　快い興奮と　何かしら身
　うちに
熱《ほて》るものをわきたてる

山は美しい夕焼
女はナプキンに　美しい夕焼をたたんでゐる

林檎の花の下にて

林檎の花の下で
母親が四つになる女の子の頭を撫《な》でながら「この子の頭髪《かんかん》は　どうしてこんなに赤いんでせう」と云つてゐる
紫外線のつよい戸外で　一日中あそんでゐる　この子の頭髪は赤砂糖の匂ひがする
太陽の匂ひがする
「好いぢやないか　山国の子らしくて」
と父親は　ただ微笑つてゐる
麦の穂波が光つて　林檎の花がひときはあかるくなる

海達公子

あおいの花

あおいの花が
さいた　さいた
てふてふもとんでこい
はちもこい
ありも　こい　こい
みんなこい

かいたつ・きみこ（一九十六―一九三三）長野県飯田市生まれ。小学二年生の時に文芸誌「赤い鳥」に投稿した詩が北原白秋に絶賛される。十六歳で夭逝するまでに五千余りの詩を遺した。「海達公子遺稿詩集」や、「お日さん」「金の雲と雀」「雲雀」を復刊して収録した「海達公子童謡集」がある。

學校《がっこう》

學校《がっこう》へきたら
たった一人であった
机たたいたら
教室一ぱいひびいた

くちなしの水車

ちろちろ流れる　野の溝に、
くるくるまわる　水車。
だれがかけたか　くちなしの
花のくるまに　つゆがとぶ。

牡丹

まっかな
牡丹
今洗った
わたしの顔

月夜

母ちゃんと二人
お湯のかえりの
下駄の音
霜のおりそうな
月夜だ

日ぐれ

ごはんのこげる
においがしてきた
夕焼雲が
残っている

海

海が光る
半分から
こっちが光る

島崎藤村

傘のうち

二人《ふたり》してさす一張《ひとはり》の
傘《かさ》に姿をつゝむとも
情《なさけ》の雨のふりしきり
かわく間《ま》もなきたもとかな

顔と顔とをうちよせて
あゆむとすればなつかしや
梅花《ばいくわ》の油黒髪《くろかみ》の

しまざき・とうそん（一八七二―一九四三）筑摩県馬籠村（現在の岐阜県中津川市）生まれ。英語教師として教鞭を執る傍ら、北村透谷らと「文學界」の創刊に携わる。一八九七年に処女詩集「若菜集」を刊行。浪漫派詩人として名声を得るが、後に創作の場を小説に移行する。小説の代表作に「破戒」「春」「夜明け前」など。

乱れて匂ふ傘《かさ》のうち
恋の一雨《ひとあめ》ぬれまさり
ぬれてこひしき夢の間《ま》や
染めてぞ燃ゆる紅絹《もみ》うらの
雨になやめる足まとひ

歌ふをきけば梅川よ
しばし情《なさけ》を捨てよかし
いづこも恋に戯《たは》ふれて
それ忠兵衛の夢がたり

こひしき雨よふらばふれ
秋の入日の照りそひて
傘《かさ》の涙を乾《ほ》さぬ間《ま》に
手に手をとりて行きて帰《かへ》らじ

初恋

まだあげ初《そ》めし前髪《まへがみ》の
林檎のもとに見えしとき
前にさしたる花櫛《はなぐし》の
花ある君と思ひけり

やさしく白き手をのべて
林檎をわれにあたへしは
薄紅《うすくれなゐ》の秋の実《み》に
人こひ初《そ》めしはじめなり

わがこゝろなきためいきの
その髪の毛にかゝるとき
たのしき恋の盃《さかづき》を
君が情《なさけ》に酌みしかな

林檎畠の樹《こ》の下《した》に
おのづからなる細道《ほそみち》は
誰《た》が踏みそめしかたみぞと
問ひたまふこそこひしけれ

丸山薫

まんさくの花

まんさくの花が咲いた　と
子供達が手折つて　持つてくる
まんさくの花は淡黄色《たんこうしょく》の　粒々した
眼にも見分けがたい花だけれど

まんさくの花が咲いた　と
子供達が手折つて　持つてくる
まんさくの花は点々と滴りに似た

・

まるやま・かおる（一八九九—一九七四）大分県生まれ。一九三二年に処女詩集「帆・ランプ・鷗」を刊行。一九三四年に堀辰雄、三好達治と詩誌「四季」を創刊。東京高等商船に進学（後に中退）するなど海への憧れが強く、詩作品にもその思いが表れている。京大卒、東大中退。詩集「鶴の葬式」「幼年」「物象詩集」「丸山薫全集全六巻」。

花としもない花だけれど
山の風が鳴る疎林《そりん》の奥から
寒々とした日暮れの雪をふんで
まんさくの花が咲いた　と
子供達が手折つて持つてくる

坂

雪が凍てついた朝の坂を
誰もが必ず辷《すべ》つてころぶ急な坂道を
盛装した都会の女が一人
危い曲芸のやうに手を泳がせ
小刻みに走りおりてゆく
ころぶ　ころぶ　ころぶ　ころぶ
ころぶ　ころぶ　ああ　ころぶ　ころぶ
ああ　ああ　ころぶよ　ころぶよ　あ　あ　あ　あ
と叫びながら
いつさんに　止まらず
しかも　最後までいつぺんもころばないで
走りおりていつた

尾形亀之助

昼

昼は雨
ちんたいした部屋
天井が低い
おれは
ねころんでいて蝿《はえ》をつかまえた

おがた・かめのすけ（一九〇〇―一九四二）宮城県柴田郡に生まれる。上京し、画家を目指すも、ほどなく詩に転向した。二十六歳の時創刊した「月曜」には宮沢賢治が投稿するなど話題となった。その他にも草野心平らと「歴程」を創刊するなど多くの詩誌を作った。詩集「色ガラスの街」「障子のある家」などがある。

ハンカチから卵を出します

私は魔術を見ていた
魔術師は
赤と青の大きいだんだらの服を着ていた
そして
魔術師は何かごまかそうとしていたが
とうとう
又　ハンカチの中から卵を一つ出してしまった

七月

「蜻蛉のしっぽはきたない」
なんのことか
おれはそんなことを考えていた
そして
ときどき思い出した
七月

山之口貘

ひそかな対決

ぱあではないかとぼくのことを
こともあろうに精神科の
著名なある医学博士が言ったとか
たった一篇ぐらいの詩をつくるのに
一〇〇枚二〇〇枚だのと
原稿用紙を屑《くず》にして積み重ねる詩人なのでは
ぱあではないかと言ったとか
ある日ある所でその博士に

やまのくち・ばく（一九〇三―一九六三）沖縄県生まれ。父親の事業が失敗し、一家離散の憂き目に遭う。職を転々とし、貧乏と放浪の日々を送りながら詩作を行った。一九三八年、第一詩集「思弁の苑」を刊行。自らの生活や飾らない庶民感情を独特のユーモアで描いた作風が注目された。他に詩集「鮪に鰯」など。

はじめてぼくがお目にかかったところ
お名前はかねがね
存じ上げていましたとかで
このごろどうです
詩はいかがですかと来たのだ
いかにもとぼけたことを言うもので
ぱあにしてはどこか
正気にでも見える詩人なのか
お目にかかったついでにひとつ
博士の診断を受けてみるかと
ぼくはおもわぬのでもなかったのだが
お邪魔しましたと腰をあげたのだ

博学と無学

あれを読んだか
これを読んだかと
さんざん無学にされてしまった揚句
ぼくはその人にいった
しかしヴァレリーさんでも
ぼくのなんぞ
読んでない筈《はず》だ

自己紹介

ここに寄り集った諸氏よ
先ほどから諸氏の位置に就《つい》て考えているうちに
考えている僕の姿に僕は気がついたのであります

僕ですか？
これはまことに自惚れるようですが
びんぼうなのであります。

相子

どさくさまぎれの汽車にのっていて
ぼくは金入を掏《す》られたのだ
掏《す》られてふんがいしていると
ふんがいしているじぶんのことが
おかしくなってふき出したくなって来た
まあそうふんがいしなさんなと
とんまな自分に言ってやりたくなったのだ
もっとも金入にいれておくほどの
お金なんぞはなかったが
金入のなかはみんなの名刺ばかりで
はちきれそうにふくらんでいたのだ
いまごろは掏《す》った奴もまた
とんまな顔つきをして
名刺ばかりのつまった金入に
ふんがいしているのかも知れないのだ

奴はきっと
鉄橋のうえあたりに来て
そっとその金入を
窓外に投げ棄てたのかも知れないのだ

桃の花

いなかはどこだと
おともだちからきかれて
ミミコは返事にこまったと言うのだ
こまることなどないじゃないか
沖縄じゃないかと言うと
沖縄はパパのいなかで
茨城がママのいなかで
ミミコは東京でみんなまちまちと言うのだ
それでなんと答えたのだときくと
パパは沖縄で
ママが茨城で
ミミコは東京と答えたのだと言うと
一ぷくつけて
ぷらりと表へ出たら
桃の花が咲いていた

ぼすとんばっぐ

ぼすとんばっぐを
ぶらさげているので
ミミコはふしぎな顔をしていたが
いつものように
手を振った
いってらっしゃいと
手を振った
ぼくもまたいつものように
いってまいりまあすとふりかえったが
まもなく質屋の
門をくぐったのだ

ミミコ

おちんちんを忘れて
うまれて来た子だ
その点だけは母親に似て
二重のまぶたやそのかげの
おおきな目玉が父親なのだ
出来は即ち茨城県と
沖縄県との混血の子なのだ
うるおいあるひとになりますようにと
その名を泉とはしたのだが
隣り近所はこの子のことを呼んで
いずみこちゃんだの
いみこちゃんだの
いみちゃんだのと来てしまって
泉にその名を問えばその泉が
すまし顔して

ミミコと答えるのだ

湯気

白いのらしいが
いつのまに
こんなところにまでまぎれ込んで来たのやら
股間をのぞいてふとおもったのだ
洗い終わってもう一度のぞいてみると
ひそんでいるのは正に
白いちぢれ毛なんだ
ぼくは知らぬふりをして
おもむろにまた
湯にひたり
首だけをのこして
めをつむった

小熊秀雄

白い蛇

ああ
あまったるい重くるしい夜のくさむらで
白い蛇が二匹
こんがらかってくるまって
だきあってねむっている
しあわせな蛇である。
うらやましい蛇である

おぐま・ひでお（一九〇一―一九四〇）北海道生まれ。漁師手伝いや養鶏場の番人など職を転々とした後、旭川新聞の記者に就く。文才を買われ文芸欄に詩の連載も持った。後に上京してプロレタリア詩人会に入会。一九三五年「小熊秀雄詩集」「飛ぶ橇」を刊行、力強く自由奔放な作風で注目を浴びた。他に「流民詩集」など。

約束しないのに

冬がやってきた
だが木炭がない煉炭がないで
市民はみんな寒がっている
でもあきらめよう
とにかくこうして
季節がくると冬がやってきてくれたのだから、
僕の郷里ではもっと寒い
冬には雄鶏のトサカが寒さで
こごえて無くなってしまうこともあるのだ
それでも奴は春がやってくると
大きな声で歌うことを忘れないのだから
勇気を出せよ、
雄鶏よ、私の可愛いインキ壺よ、
ひねくれた隣の女中よ
そこいら辺りのすべての人間よ、

約束しないのに
すべてがやって来るということもあるのだから
なんてすばらしいことだ
約束しないのに
思いがけないことが
やってくるということがあると
いうことを信じよう。

子供たちに

街を歩むとき
手をふり元気よく
おあるきなさい
夜やすむとき
足をうーんと伸ばして
おやすみなさい
ちぢこまってはいけません
日蔭に咲く花のように
みじめに
しなびてしまいます

大関松三郎

おおぜき・まつさぶろう（一九二六―一九四四）新潟県生まれ。小学校時代、生活綴方運動に取り組んだ寒川《さがわ》道夫の指導のもと詩作を行う。小作農の家に生まれ育ち、農民の心や自然を描いた作品を多く残した。一九四四年に戦死。戦後、寒川の手により詩集「山芋」が刊行された。

水

大きなやかんを
空のまんなかまでもちあげて
とっくん　とっくん　水をのむ
とっくん　とっくん　とっくん　とっくん
のどがなって
にょろ　にょろ　にょろ　つめたい水が
のどから　むねから　いぶくろへはいる
とっくん　とっくん　とっくん

にょろ　にょろ　にょろ
息をとめて　やかんにすいつく
自動車みたいに　水をつぎこんでいる
のんだ水は　すぐまた　あせになって
からだじゅうから　ぷちっとふきでてくる
もう　いっぱい
もう　ひと息
とっくん　とっくん　とっくん　とっくん
どうして　こんなに　水はうまいもんかなあ
こんな水が　なんのたしになるもんかしらんが
水をのんだら　やっと　こしがしゃんとした
ああ　空も　たんぼも
すみから　すみまで　まっさおだ
おひさまは　たんぼのまんなかに
白い光を　ぶちまけたように　光っている
遠いたんぼでは　しろかき※の馬が
ぱしゃっ　ぱしゃっと　水の光をけちらかしている

うえたばかりの苗の頭が風に吹かれて
もう　うれしがって　のびはじめてるようだ
さっき　とんでいったかっこうが
村の　あの木で　鳴きはじめた

※水田の土をこまかにかきならす

くさむし

何だ　こいつめ
いいきもちになって
じぶんたちだけで　ひなたぼっこしているやつども

おれも　ひなたぼっこしようと思って
おっかかった木の根っかぶに
こっそり　だまって
ひなたぼっこしている　くさむしどもめ

だれか　おれにさわったら
げえのでるほど　くっさいへいをひっかけるぞ
それで　だれも近づかん
いいきもちで
ひなたぼっこできる
そんなふうに　らくらくしているやつども

やいこら　くさむしめ
おれは　そんなやつは　大きらいだ
おまえのようなやつは　大きらいだ
それ　この指さきで　はじきとべ
やっ
やっ
やっ
もう一匹いるか
やっ

雑草

おれは雑草になりたくないな
だれからもきらわれ
芽をだしても　すぐひっこぬかれてしまう
やっと　なっぱのかげにかくれて　大きくなったと思っても
ちょこっと　こっそり咲かせた花がみつかれば
すぐ「こいつめ」とひっこぬかれてしまう
だれからもきらわれ
だれからもにくまれ
たいひの山につみこまれて　くさっていく
おれは　こんな雑草になりたくないな
しかし　どこから種がとんでくるんか
取っても　取っても
よくもまあ　たえないものだ
かわいがられている野菜なんかより
よっぽど丈夫な根っこをはって生えてくる雑草

強い雑草
強くて　にくまれもんの雑草

みみず

何だ　こいつめ
あたまもしっぽもないような
目だまも手足もないような
いじめられれば　ぴちこちはねるだけで
ちっとも　おっかなくないやつ
いっちんちじゅう　土の底にもぐっていて
土をほじっくりかえし
くさったものばっかりたべて
それっきりで　いきているやつ
百年たっても二百年たっても
おんなじ　はだかんぼうのやつ
それより　どうにもなれんやつ
ばかで　かわいそうなやつ
おまえも百姓とおんなじだ
おれたちのなかまだ

夕日

夕日にむかってかえってくる
川からのてりかえしで
空のはてからはてまで　もえている
みちばたのくさも　ちりちりもえ
ぼくたちのきものにも　夕日がとびうつりそうだ
いっちんち　いねはこびで
こしまで　ぐなんぐなんつかれた
それでも　夕日にむかって歩いていると
からだの中まで夕日がしみこんできて
なんとなく　こそばっこい
どこまでも歩いていきたいようだ
遠い夕日の中に　うちがあるようだ
たのしいたのしいうちへ　かえっていくようだ
あの夕日の中へかえっていくようだ
いっちんち　よくはたらいたなあ

中野重治

きくわん車

きくわん車
きくわん車
くろい
つよいきくわん車

きくわん車
きくわん車
引つぱる

なかの・しげはる（一九〇二―一九七九）福井県生まれ。東大独文科卒。在学中に堀辰雄らと「驢馬」を創刊、その一方でプロレタリア文学運動に参加した。一九三一年に日本共産党に入党するが後に除名。一九六九年「甲乙丙丁」で野間文芸賞受賞。他に小説「歌のわかれ」、詩集「中野重治詩集」、評論「斎藤茂吉ノオト」など。

押して行くきくわん車

きくわん車
きくわん車
トンネルへはいる
鉄橋へかかるきくわん車

石炭の蒸気きくわん車
電気の電気きくわん車
いろいろとあるきくわん車

人をはこぶきくわん車
荷物をはこぶきくわん車
郵便を持つて行くきくわん車

きくわん車
きくわん車

町と町をつなぐきくわん車
町と町　村と村　村と町をつなぐきくわん車

きくわん車
きくわん車
まじめな
カネで出来たきくわん車

すすむきくわん車
あとしさりするきくわん車
汽笛をならすきくわん車

山へのぼるきくわん車
山をくだるきくわん車
雪ぐにから来たきくわん車
あつい国へ行くきくわん車

きくわん車
きくわん車
あおい旗
あかい旗
転車台
踏切のきくわん車

きくわん車
きくわん車
カタン　タン
真夜中もはしるきくわん車
たいせつなきくわん車

竹久夢二

くれがた

約束もせず
知らせもなしに
鐘が鳴る。

約束もせず
知らせもなしに
涙が出る。

たけひさ・ゆめじ（一八八四―一九三四）岡山県邑久郡に生まれる。「夢二式美人」といわれる美人画を数多く残した。一方で詩作も手掛け、詩「宵待草」は、節がつき大衆曲として人気を博した。自身の詩を「小唄」と称し、七五調の口ずさみやすい詩形が多いのが特徴的である。「夢のふるさと」「青い小径」などがある。

靴下

あなたのための
靴下を
白い毛糸で
編《あ》みませう。
もし靴下が
やぶけたら
赤い毛糸で
つぎませう。
けれども
遠い旅の夜《よ》に
あなたの心が
破《やぶ》れたら
あたしは
どうしてつぎませう。

手

右の手が
書いた手紙を
左の手は
知らない。

右の手が
握手したのも
左の手は
知らない。

だが
左の手の指の指環《ゆびわ》が
何を意味したか
右の手は
知《し》つてゐる。

みどりの窓

あなたのために
窓をあけ
あなたのために
窓をとぢ
みどりの部屋の
卓《たく》のへに
青い花を
さしませう。

あなたのために
窓をあけ
あなたのために
窓をとぢ
みどりの窓の
日あたりに

青い小鳥を
かひませう

あんまりはやく
幸福《しあはせ》がきて
あんまりはやく
幸福がゆかぬやうに
私達は
待ちませう。

三好達治

雪

太郎を眠らせ、太郎の屋根に雪ふりつむ。
次郎を眠らせ、次郎の屋根に雪ふりつむ。

みよし・たつじ（一九〇〇—一九六四）大阪市生まれ。東大仏文科卒。一九三〇年に処女詩集「測量船」を刊行。抒情的かつ格調高い作風で注目された。その後も「南窗集」「閒花集」「山果集」と定期的に詩集を刊行。一九五三年「駱駝の瘤にまたがつて」で芸術院賞、一九六三年「定本三好達治全詩集」で読売文学賞受賞。

大野百合子

静《しず》かさの中で

珍らしく暖かいので
妹をつれた私は
かなり歩いてしまった
小さい山の斜めに坐ると
まだ青くならない草と土の馨《かお》りがする
空はどうしてこんなにも高いのだろう
風はそんなにつめたくもなく吹いて来る
私は深い静かさにつつまれて

おおの・ゆりこ（一九〇八―一九三八）北海道余市町に生まれる。一九三一年より「河」の同人となる。満州に渡り、三十一歳の若さで生涯を終えた。非常に純粋で率直に綴るその詩は、高村光太郎をはじめ多くの人を魅了した。遺稿詩集「雪はただ白く降りて」などがある。

思うともなく
見るともなく
いつまでも坐っていた
私は私の心がきれいになって
静かなものにまざまざと触れ
なにか知りたいと思っていたことをはっきりと知った気がした

灯

なにか慕わしい気配を感じて
窓をあけると
いつも見る街は
やさしい灯を点して
古風なにおいを持つ
初めての都のように思えた

私のすきな人達が
あの一つ一つの灯をかこんで
深く自分を守りながら
愛されて
愛している
そんな平和な気がする

朝

貧しそうな小さな家の
ガラス窓に
紫の小さい花をつけた鉢が
この五月の朝早く出してあった
私はそこを通りながら
なにか知ら楽しい気持ちになって
家の中を爪立ちをしてのぞきながら
ふと笑い聲《こえ》でも聞かれる気がして
通り過ぎた
あの花は見たこともないが
なんと云う花だろう

初夏の夕

この頃の夕方は
なにからなにまで
蒼っぽいしめりを含んでいるように
しっとりと落ちついて
黙っていると
黙っていることに苦しくなり
どこまでも歩いて行きたい気がする

子供達の晴れやかな聲《こえ》にまじって
やさしい女の物買りの聲《こえ》など聞こえて来る
美しい切花を乗せた車が
もう夜店へ出かけて行く
しかもその花の一つ一つは
蒼い露を含んで
車の上でホロホロしている

八木重吉

雲

くものある日
くもは　かなしい
くもの　ない日
そらは　さびしい

やぎ・じゅうきち（一八九八—一九二七）東京生まれ。二十一歳で洗礼を受け、以後敬虔なキリスト教徒として人生を送る。英語教師を務める傍ら詩作に励むが、結核を患い、二十九歳で早世。生前刊行された詩集は「秋の瞳」のみで、没後「貧しき信徒」「神を呼ぼう」「定本八木重吉詩集」などが刊行された。

涙

つまらないから
あかるい陽のなかにたってなみだを
ながしていた

金魚

桃子は
金魚のことを
「ちん　とん」という
ほんものの金魚より
もっと金魚らしくいう

赤ん坊が　わらふ

赤んぼが　わらふ
あかんぼが　わらふ
わたしだって　わらふ
あかんぼが　わらふ

豚

この　豚だって
かあいいよ
こんな　春だもの
いいけしきをすって
むちゅうで　あるいてきたんだもの

素朴な琴

この明るさのなかへ
ひとつの素朴な琴をおけば
秋の美しさに耐えかね
琴はしずかに鳴りいだすだろう

果物

秋になると
果物はなにもかも忘れてしまって
うっとりと実ってゆくらしい

淵上毛錢

風

雲が
こどもを産んでいる

ふちがみ・もうせん（一九一五―一九五〇）熊本県葦北郡に生まれる。「九州文学」に初めての詩作品「金魚」を発表した。その後、一九四七年には同人誌「始終」を発刊した。水俣青年文化会議を組織するなど功績を残すも、三十五歳の若さで短い生涯の幕を閉じた。詩集「誕生」などがある。

再生

野菊があたりまえに咲いている
原っぱだが牛もいない
寝ころんでみる
風が少しあるので
野菊がふるえている
背中が冷たい
どくどくと地球の脈がする
嘘のないお陽さまが
僕を溶かしてしまいそうだ
なにもかもが僕の心をきいている
野菊は咲いているし
ここにこのまま埋まってしまい
来年の野菊には
僕がひいらいいたひらいた

ぶらんこ

ぶらんこに
乗って
仰向けに
ゆられていると
オルガンを
聞いているようだ
明日も
オルガンに
乗って
あの
雲に逢おう

北原白秋

からたちの花

からたちの花が咲いたよ。
白い白い花が咲いたよ。

からたちのとげはいたいよ。
青い青い針のとげだよ。

からたちは畑の垣根《かきね》よ。
いつもいつもとおる道だよ。

きたはら・はくしゅう（一八八五―一九四二）福岡県に生まれる。新詩社に入り、詩、短歌を発表し、「明星」にて新人の筆頭となるも脱退。その後、「パンの会」を興し、耽美主義運動を推進した。一九〇九年には「邪宗門」を刊行し人気を博す。歌集「桐の花」「雲母集」、詩集「水墨集」などがある。

からたちも秋はみのるよ。
まろいまろい金のたまだよ。

からたちのそばで泣いたよ。
みんなみんなやさしかったよ。

からたちの花が咲いたよ。
白い白い花が咲いたよ。

この道

この道はいつか来た道、
　ああ、そうだよ、
あかしやの花が咲いてる。

あの丘はいつか見た丘、
　ああ、そうだよ、
ほら、白い時計台だよ。

この道はいつか来た道、
　ああ、そうだよ、
母さんと馬車で行ったよ。

あの雲はいつか見た雲、
　ああ、そうだよ、
山査子《さんざし》の枝も垂れてる。

砂山

海は荒海、
向こうは佐渡《さど》よ、
　すずめ啼《な》け啼《な》け、もう日はくれた。
　みんな呼べ呼べ、お星さま出たぞ。

暮れりゃ、砂山、
汐鳴《しおな》りばかり、
　すずめちりぢり、また風荒《かぜあ》れる。
　みんなちりぢり、もう誰も見えぬ。

かえろかえろよ、
茱萸原《ぐみはら》わけて、
　すずめさよなら、さよなら、あした。
　海よさよなら、さよなら、あした。

五十音《ごじゅうおん》

水馬《あめんぼ》赤いな。ア、イ、ウ、エ、オ。
浮藻《うきも》に小蝦《こえび》もおよいでる。

柿の木、栗の木。カ、キ、ク、ケ、コ。
啄木鳥《きつつき》こつこつ、枯《か》れけやき。

大角豆《ささげ》に醋《す》をかけ、サ、シ、ス、セ、ソ。
その魚浅瀬《うおあさせ》で刺《さ》しました。

立ちましょ、喇叭《らっぱ》で、タ、チ、ツ、テ、ト。
トテトテタッタと飛び立った。

蛞蝓《なめくじ》のろのろ、ナ、ニ、ヌ、ネ、ノ。
納戸《なんど》にぬめって、なにねばる。

鳩《はと》ぽっぽ、ほろほろ。ハ、ヒ、フ、ヘ、ホ。
日向《ひなた》のお部屋にゃ笛《ふえ》を吹く。

蝸牛《まいまい》、螺旋巻《ねじまき》、マ、ミ、ム、メ、モ。
梅《うめ》の実落ちても見もしまい。

焼栗《やきぐり》、ゆで栗。ヤ、イ、ユ、エ、ヨ。
山田《やまだ》に灯《ひ》のつく宵《よい》の家。

雷鳥《らいちょう》は寒《さむ》かろ、ラ、リ、ル、レ、ロ。
蓮花《れんげ》が咲いたら、瑠璃《るり》の鳥。

わい、わい、わっしょい。ワ、ヰ、ウ、ヱ、ヲ。
植木屋《うえきや》、井戸換《いどが》え、お祭だ。

安西冬衛

春

てふてふが一匹韃靼《だったん》海峡を渡つて行つた。

あんざい・ふゆえ（一八九八―一九六五）奈良県に生まれる。大阪の中学校を卒業した後、大連に渡った。その地で北川冬彦らと詩誌「亜」を刊行した。一九二五年に詩集「軍艦茉莉」を発行するなど、多数の詩集を残した。詩集「亜細亜の鹹湖」「渇ける神」などがある。

春

鴨　春は私《あたし》から始まるのよ。ホラ「鴨の外には誰も春を語るものはない。おお、まあ、なんといふ鴨の群だ」つてチエーホフつてひとが言つてるぢやあないの。

猫　フン、「どこからか月さしてゐる猫の戀《こい》」つてネ。

壁に掛けた地図　ポカポカしてくると、そこら中が痒《かゆ》くつて――

黒い眼鏡をかけた吊洋燈《つりランプ》　日が永いなあ。

田村隆一

動物園のウイスキー

やっとロンドンにも春がきて
クロッカス
雪わり草なんかが花をひらいていたりして
その花々にさそわれて
芝生の上を歩いていったら
動物園があって

動物園も昼さがり

たむら・りゅういち（一九二三―一九九八）東京都に生まれる。一九四七年に鮎川信夫らと「荒地」を創刊。翻訳業のかたわら詩作に打ち込み、一九六三年には「言葉のない世界」で高村光太郎賞、一九八五年には「奴隷の歓び」で読売文学賞を受賞するなど、名声を高めた。詩集「四千の日と夜」「緑の思想」「新年の手紙」など。

象も犀もライオンも
みんなトロンとしているだけ
ペンギンなんかはいっせいにゴロン
と横にねむっていて
たった一羽の孤独な太郎　花子かもしれないが
人間たちに背をむけて

そこでぼくは人間だから
動物園のパブに入ったのさ
スコッチ・アンド・ウォーター
金色の液体が人間の暗い咽喉《のど》に流れこんだと思ったら

人はワニになり
ワニは人になったりして
動物園の昼さがり

櫻《さくら》

海の櫻が好きなのさ
海の風に養われた小さな山
小さな谷
その木々のあいだに
花が咲く
ぼくは単純に山櫻だと思ったら
人によってはソメイヨシノ
人によってはヤマザクラ
人によってはチェリイブロッサム

あ　ぼくのサクラ　散るチルミチル　若木のサクラ
では　ご機嫌ようー。

人間はバカだね

「人間はバカだね」
とカバが云った
「バカだからおいしいのさ」
とワニが云った
「バカって可愛い」
と小鳥が歌った
なんど　バカな真似をして凝りないのは
五感を失ったせいだ
戦争と戦争のあいだに
つかのまの平和があって

その平和だってリアル・タイムじゃない
人間の世界は旧約聖書という劇場

道化役者までそろっていて
毒物のかわりにスカットミサイル

スカッとさわやか
コカコーラ

コカコーラ中毒は
アルコール中毒よりたちが悪いよ

と詩人が呟いた
ボトルをにぎったまま死んでいるくせに

美女はどこにいる?

「すべての道は老婆に通じる」

という岩田宏の言葉だけが頼りで
ぼくは生きてきたのに
「つぎの一行はだれが書くの?」
と赤いサカナがたずねたっけ
「人間はバカだから」
と人間が猫の声で云った「好きだよ」

天野忠

夫婦

四十五歳のお前が
空を見ていた
頰杖ついて
ぽかんと

空を見ていた
空には
鳥もなく

あまの・ただし（一九〇九―一九九三）京都府生まれ。京都第一商業学校を卒業後、出版社、古書店など様々な職に就く。一九三二年、処女詩集「石と豹の傍にて」を刊行。ウィットに富んだ作風で注目を浴びる。一九七四年「天野忠詩集」で無限賞、一九八二年「私有地」で読売文学賞受賞。他に「動物園の珍しい動物」など。

虹もなかった
何もなかった
空には
空色だけがあった

ぽかんと
お前は
空を見ていた
頬杖ついて
それを
私が見ていた。

しずかな夫婦

結婚よりも私は「夫婦」が好きだった。
とくにしずかな夫婦が好きだった。
結婚をひとまたぎして直ぐ
しずかな夫婦になれぬものかと思っていた。
おせっかいで心のあたたかな人がいて
私に結婚しろといった。
キモノの裾をパッパッと勇敢に蹴って歩く娘を連れて
ある日突然やってきた。
昼めし代りにした東京ポテトの残りを新聞紙の上に置き
昨日入れたままの番茶にあわてて湯を注いだ。
下宿の鼻垂れ息子が窓から顔を出し
お見合だ　お見合だ　とはやして逃げた。
それから遠い電車道まで
初めての娘と私は　ふわふわと歩いた。
――ニシンそばでもたべませんか　と私は云った。

――ニシンはきらいです　と娘は答えた。
そして私たちは結婚した。
おお　そしていちばん感動したのは
いつもあの暗い部屋に私の帰ってくるころ
ポッと電灯の点いていることだった――
戦争がはじまっていた。
祇園まつりの囃子がかすかに流れてくる晩
子供がうまれた。
次の子供がよだれを垂らしながらはい出したころ
徴用にとられた。便所で泣いた。
子供たちが手をかえ品をかえ病気をした。
ひもじさで口喧嘩も出来ず
女房はいびきをたてて寝た。
戦争は終った。
転々と職業をかえた
ひもじさはつづいた。貯金はつかい果した。
いつでも私たちはしずかな夫婦ではなかった。

貧乏と病気は律義な奴で
年中私たちにへばりついてきた。
にもかかわらず
貧乏と病気が仲良く手助けして
私たちをにぎやかなそして相性でない夫婦にした。
子供たちは大きくなり（何をたべて育ったやら）
思い思いに　デモクラチックに
遠くへ行ってしまった。
どこからか赤いチャンチャンコを呉れる年になって
夫婦はやっともとの二人になった。
三十年前夢見たしずかな夫婦ができ上がった。
──久しぶりに街へ出て　と私は云った。
　ニシンソバでも喰ってこようか。
──ニシンは嫌いです。と
私の古い女房は答えた。

夫婦

口喧嘩して負けて
無造作に箸を投げ出したら
尖っている方が
まっ直ぐ
妻の方に向いた。
万事旧弊な妻が眉をしかめて
ものしずかにたしなめる。
—人の胸に釘さすような形…
夫はふくれて
テレビを見ている。
知らんぷりして
手だけ動かせて
方向をかえる。

あーあ

最後に
あーあというて人は死ぬ
生れたときも
あーあというた
いろいろなことを覚えて
長いこと人はかけずりまわる
それから死ぬ
わたしも死ぬときは
あーあというであろう
あんまりなんにもしなかったので
はずかしそうに
あーあというであろう。

荒井星花

秋の野の風景

まるい春に秋の入陽を
一ぱいにあびて
親しそうな老夫婦は
澄み切った小川の流れに
たくさんの大根を
ごしごしごしごしと
洗っていた

あらい・せいか（一八八七―一九四二）茨城県真壁郡に生まれた。三十一歳で大關五郎の「私達」に発表した翌年、創作民謡集「見えぬ雲雀」を発行した。三十六歳の時に詩集「誓願つつじ」を発行するなど、詩・童謡の分野にその足跡を残した。筑波山麓を詠んだものが多く、軽妙な味わいがある。民謡集「山湯治　民謡集」など。

『婆さんや、俺達の丹精はほんとうにえいれもんだ、どうだいこの太いことは』
『ほんとうにていしたもんだな、爺さんや』
ごしごしごし
真青な切れ切れた大根の葉は
浮いたり沈んだりして
川下へ流れてゆく

鳳仙花

夏の日盛りに
鳳仙花《ほうせんか》がぱちり
はぢけたら

向日葵が
黙って笑っていた

栗の花

木立ちの丘の
一軒家
栗の花が宵月に眠っている

腰巻一つのむっちりとした母親の膝に
安らかないびきを立てている
幼児
渋うちわに涼風《りょうふう》をおくっては
わが子の寝顔に見ほれている
父親

天国のような一軒家
星の月夜の
一軒家

【出典一覧】

金子みすゞ　「美しい町　新装版　金子みすゞ全集Ⅰ」「空のかあさま　新装版　金子みすゞ全集Ⅱ」「さみしい王女　新装版　金子みすゞ全集Ⅲ」

山村暮鳥　「山村暮鳥全集第一巻」「現代詩文庫１０４２山村暮鳥」

宮沢賢治　「宮沢賢治全集１」「宮沢賢治全集２」

室生犀星　「定本室生犀星全詩集第三巻」

中原中也　「現代詩文庫１００３中原中也」

草野心平　「草野心平全集第一巻」「草野心平全集第三巻」「マンモスの牙」「母岩・蛙・天」

田中冬二　「田中冬二全集第一巻」「田中冬二全集第二巻」

海達公子　「海達公子童謡集」

島崎藤村　「島崎藤村全集１」

丸山薫　「現代詩文庫１０３６丸山薫」

尾形亀之助　「現代詩文庫１００５尾形亀之助」

山之口貘　「現代詩文庫１０２９山之口貘」「定本山之口貘詩集」「山之口貘全集１」

小熊秀雄　「小熊秀雄全集第一巻」
大関松三郎　「山芋　大関松三郎詩集」
中野重治　「現代詩文庫1032中野重治」
竹久夢二　「青い小徑」
三好達治　「現代詩文庫1038三好達治」
大野百合子　「雪はただ白く降りて　大野百合子遺稿詩集」
八木重吉　「現代詩文庫1031八木重吉」
淵上毛錢　「淵上毛錢詩集」
北原白秋　「白秋全集25　童謡集1」「白秋全集26　童謡集2」
安西冬衛　「軍艦茉莉」
田村隆一　「田村隆一全集2」「田村隆一全詩集」
天野忠　「現代詩文庫85天野忠」
荒井星花　「見えぬ雲雀　荒井星花詩集」

心がほっとする
日本の名詩一〇〇

平成25年5月17日 第1刷
平成30年9月27日 第2刷

編　纂　　彩図社文芸部

発行人　　山田有司

発行所　　株式会社　彩図社
東京都豊島区南大塚 3-24-4
MTビル　〒170-0005
TEL:03-5985-8213　FAX:03-5985-8224
http://www.saiz.co.jp

印刷所　　新灯印刷株式会社

ISBN978-4-88392-913-9 C0192

※本書作成にあたり、一部、旧字体を新字体に改め、一部ルビを変更した。